SOUVENIRS

DU

PÈLERINAGE DE PÉNITENCE A JÉRUSALEM

EN 1882

RETRAITE

Prêchée par le R. P. MARIE-ANTOINE, Capucin.

Prix : 15 centimes *franco.*

LIBRAIRIE SAINT-JOSEPH

HENRI BRIQUET, ÉDITEUR

A SAINT-DIZIER (Haute-Marne)

—

PARIS

RENÉ HATON, Rue Bonaparte, 33

1882

Parmi les lieux vénérés à Jérusalem, il en est un qui, en ce moment, attire nos plus ardentes sympathies : c'est la quatrième station du chemin de la croix, l'endroit que l'on nomme le spasme de la Sainte-Vierge. C'est là que Marie, rencontrant son divin Fils chargé de sa croix, s'affaissa dans une extase de douleur.

Dévasté par les invasions, profané pendant des siècles, ce lieu vénéré est enfin rendu à notre amour. Les Arméniens catholiques ont reçu du Sultan le don du terrain. Les secours de quelques bienfaiteurs leur ont permis d'y pratiquer des fouilles qui, heureusement conduites, ont fait retrouver l'ancien sol de la voie douloureuse et le pavé en mosaïque de l'ancienne église bâtie par sainte Hélène.

Quel bonheur pour les futurs pèlerins de retrouver, après plus de mille ans, le sol arrosé par le sang de Jésus et les larmes de sa mère ! de pouvoir y marcher à leur suite, pendant l'espace de cent mètres ! Quel bonheur d'aider à relever cette église et d'avoir ainsi part aux mérites de l'apostolat arménien catholique.

Le patriarche arménien, en faisant appel dans ce but à tous les catholiques du monde, dit avec raison qu'il peut compter sur la France. La souscription proposée aux Pèlerins par le R. P. Marie-Antoine pendant la retraite du Patriarcat a été accueillie avec enthousiasme.

CONDITIONS DE LA SOUSCRIPTION :

1º Ceux qui donnent 50 fr. ont le titre de fondateurs. Leurs noms seront inscrits, dans l'église, sur une plaque de marbre.

2º Ceux qui donnent au moins 10 fr. auront le titre de bienfaiteurs. Leurs noms seront inscrits sur un registre conservé dans l'église du Patriarcat.

3º Les uns et les autres auront droit à quatre messes dites pour eux, chaque année, à perpétuité.

On prie tous les pèlerins de Jérusalem, qui voudront former des comités pour propagande, d'envoyer leurs noms et leurs aumônes à M. l'abbé Payan d'Augery, vicaire général de Marseille, désigné pour cette œuvre par le patriarche de Jérusalem.

SOUVENIRS

DU

PÈLERINAGE DE PÉNITENCE A JÉRUSALEM EN 1882

—

RETRAITE

Prêchée par le R. P. MARIE-ANTOINE, Capucin.

—

Nous avons examiné et approuvé, et nous permettons d'imprimer l'opuscule composé par l'un de nos pèlerins de Terre-Sainte et ayant pour titre : *Souvenirs du pèlerinage de pénitence à Jérusalem. — Retraite prêchée par le R. P. Marie-Antoine, capucin de Toulouse.*

Langres, le 20 juillet 1882.

† GUILLAUME-MARIE FRÉDÉRIC,
Evêque de Langres.

———

Erection de la Croix à bord de la Picardie.

Pendant notre béni pèlerinage en Terre-Sainte, les grâces les plus inénarrables nous furent données avec une libéralité divine; une seule de nos journées en contenait une telle mesure, que l'unique regret de chacun était de n'avoir pas le temps de savourer son bonheur : les jours s'écoulaient trop vite.

Mais pouvons-nous jouir seuls de si précieuses faveurs et du trésor de tant de saintes bénédictions? ne devons-nous pas en faire part à nos frères les croisés de la prière et du sacrifice? Si nous avons été les choisis de la Providence, les heureux privilégiés de son amour, eux, n'ont-ils pas prié, souffert aussi en sacrifiant leur désir de nous suivre? Partageons donc avec eux nos joies, comme nous avons uni nos prières. Puissent-ils accueillir avec bienveillance ce souvenir que nous leur offrons pour les dédommager, au moins un peu, et leur faire du bien.

Nous partions dans la disposition sincère de nous en remettre à Dieu corps et âme, lui abandonnant le soin de notre vie, sans autre préoccupation que sa sainte volonté. Ah! nous étions bien soutenus dans ces sentiments par le spectacle admirable de nos belles cérémonies à bord, au milieu d'une traversée splendide! La mer immense semblait nous dire : C'est pour vous servir de chemin que j'ai été créée. Pendant la nuit la lune et les étoiles illuminaient le ciel ; il se rapprochait à mesure que nous avancions, comme pour nous donner cette jouissance de le voir de plus près. Et, afin de nous réjouir encore davantage par ses créatures, le bon Dieu nous envoyait de temps en temps, durant le jour, de petits oiseaux, des hirondelles, des colombes qui venaient se reposer sur les bras de la croix arborée près du grand mât.

L'érection de cette croix fut, sur chaque navire, une cérémonie profondément émouvante. Les pèlerins dans un élan d'enthousiasme et de foi indescriptible, vinrent, l'un après l'autre, baiser ce signe sacré de notre Rédemption. On avait été forcé de séparer sur deux vaisseaux les mille croisés de Terre-Sainte ; mais ils ne faisaient tous qu'un cœur et qu'une âme. Les échos de *Gouadeloupe* redisaient à *Picardie* : « Vive la Croix ! » Et *Picardie* renvoyait à *Gouadeloupe* ce serment solennel provoqué par l'acte de foi d'un de ses plus admirables pèlerins (1).

(1) M. de Belcastel, ancien sénateur.

Oui ! nous défendrons la Croix , nous le jurons !

Après ce serment unanime, le Révérend Père Marie-Antoine , cet apôtre si vénéré de tous ceux qui l'ont entendu, prononça l'émouvante allocution qui suit (1) :

Vive la Croix !

C'est le cri du Chrétien ! Quand elle paraît il la salue comme l'enfant salue son berceau, le soldat son drapeau , l'exilé la patrie, le captif la liberté , l'aveugle guéri la lumière : Chrétiens , saluons la Croix !

Vive la Croix !

C'est le cri du Français ! La Croix a fait la France, c'est la Croix qui refera la France. Français, salut à cette Croix !

Vive la Croix !

C'est le cri du Croisé, Il part avec elle : la Croix brille sur nos poitrines, elle marche, elle navigue avec nous : nous sommes

---

(1) Le R. P. Marie-Antoine a bien voulu nous autoriser à reproduire cette admirable allocution ainsi que son explication de la sainte Messe.

les pèlerins de la Croix. Le Croisé combat pour elle, et par elle il triomphe. Croisés de la croix, salut à la Croix !

Vive la Croix !

Mais il ne suffit pas de prendre la Croix, il faut que Dieu la donne; il faut que la volonté de Dieu triomphe avec elle et par elle. Il faut prendre la Croix lorsque Dieu le veut, à l'heure qu'il veut, pour accomplir ce qu'il veut. Les Croisés, nos pères, l'avaient bien compris, car c'est au cri de : Dieu le veut! que la papauté les arma pour la croisade.

O Croix que tu es belle au milieu de ces mâts, de ces cordages, de ces nuages de vapeur !

Nous t'avions plantée sur les collines, sur les montagnes de notre patrie, dans les vallées et dans les prairies, dans les hameaux et dans les cités. Aujourd'hui, pour la première fois, nous avons le bonheur de te dresser sur les flots, au-dessus de ces abîmes mouvants. Te voilà maintenant reine des mers, des vents et de l'espace. Quel spectacle, chers pèlerins : ce n'est plus l'exil, c'est une vision du paradis.

Le ciel nous contemple, les nations de la terre nous suivent du regard, les anges applaudissent, les hommes tressaillent et l'enfer frémit. Mais, comme l'écume de ces flots, sa rage, ô Croix belle et glorieuse! sa rage expire à tes pieds.

O flots de la mer! ce n'est pas assez de vous briser ici et de rendre hommage à cette Croix; et vous, grandes vagues, de vous incliner devant elle avec des tressaillements sublimes! Allez, allez porter à tous les rivages ce cri d'amour :

Vive la Croix !

O Croix! tu n'es pas seulement notre Reine, tu es notre gardienne et notre divine protectrice.

Quand le voyageur qui doit traverser ces abîmes, monte dans un vaisseau, il regarde si les mâts sont solides, les cordages bien établis, les voiles bien tendues, la machine bien outillée, et, s'il est satisfait, il s'embarque disant : La traversée est assurée, elle sera bonne. Nous, nous ne regardons que toi, ô croix bien-aimée! avec toi plus de craintes, nous arriverons triomphants.

« Que crains-tu, disait César au nautonnier qui le conduisait sur la mer? Tu portes César et sa fortune! » Hélas! qu'est devenu César? où est allée sa fortune?

Pour toi, croix immortelle, te voilà toujours victorieuse, jamais engloutie! Tu surnages au milieu de toutes les tempêtes. Tu survis à tous les événements, à toutes les révolutions, à tous les écroulements d'empires. L'orage a beau bouleverser les flots et entr'ouvrir des abîmes, tu es toujours debout! *Stat crux dum volvitur orbis.*

Saluons l'éternelle victorieuse!

En traversant ces mers tu soulevas le monde, car un jour tu passas pour la première fois sur ce chemin mobile. Ce n'était qu'une barque fragile, sans mâts, sans rames et sans pilote. Là étaient Lazare, Marthe, Madeleine, les saintes mères de Jacques, de Jean et quelques autres disciples. On les avait embarqués dans cet esquif pour les envoyer à la mort. Mais ils te portaient sur leur poitrine, ô Croix! et avec toi un monde nouveau. Les flots laissèrent passer la barque fragile et les rives de Provence tressaillirent en la voyant aborder. L'Occident était conquis.

Onze siècles plus tard, on te foulait aux pieds en Orient, d'où tu nous étais venue, Croix bénie! La France convertie par toi se leva, et l'Europe avec elle, et le monde entendit les coups de cette épée formidable des Godefroy de Bouillon, des Tancrède, des Richard Cœur de Lion, des saint Louis. Aujourd'hui, le monde plongé dans les folies, les insanités, les fureurs de nos nouveaux barbares, le monde entendra les grands coups d'épée de nos prières, de nos pénitences; et ceux là seront plus terribles encore contre Satan et ses suppôts que ne le furent ceux des croisés antiques.

O beau cliquetis de nos armes divines! fais encore une fois retentir les échos de cette grande mer :

Vive la Croix!

O vagues si belles, si diamantées, si resplendissantes! allez, allez redire aux rivages de tous les mondes, à l'Europe, à l'Asie, à l'Afrique, et par Suez ou Gibraltar à l'Amérique et à l'Océanie, allez leur redire que la croisade de la prière est commencée. Espérance! Résurrection!

Les apôtres, en quittant le Calvaire, s'en allaient deux à deux, et prenant avec eux la Croix, ils portaient au vieux monde son salut et sa régénération ; la Croix allait triompher de l'antique paganisme.

Nouveaux apôtres du salut et de la résurrection, nous venons deux à deux. Nos deux vaisseaux apostoliques marchent ensemble.

Dieu en a voulu deux ; il a jugé sans doute qu'il les fallait pour la beauté et l'efficacité de l'apostolat. Et voilà que plus de mille pèlerins apôtres, portés par eux, marchent parallèlement à la même conquête, *misit binos ante faciem suam*, pour entrer dans tous les cœurs et dans toutes les régions, *in omnem civitatem et locum*.

Laissez-les passer, ils portent de nouveau le salut et la résurrection ! Le moderne paganisme sera vaincu. Vous osez dire que le Christ s'en va ? Et avec nos mille cœurs, nos mille voix, avec la voix de tous ces flots, avec le roulis de ce navire et le sifflement du vent dans ces cordages, avec le bruit de ces machines enflammées nous vous disons : Non, non, il revient, il triomphe !

In omnem civitatem et locum quo erat ipse venturus.

Et voici les noms choisis par la Providence pour les deux navires qui nous portent et sur lesquels nous dressons la Croix.

Gouadeloupe nous rappelle la vierge miraculeuse de nos îles et de nos mers lointaines. La Reine immaculée protégera avec amour notre pacifique croisade : Vive Notre Dame de la Gouadeloupe !

Et toi, *Picardie* ! aujourd'hui je veux te chanter. Ta destinée est magnifique. Un jour, dans nos forêts de France, un bûcheron s'avance, armé de la hache. Il fait tomber les plus beaux chênes. On arrache en même temps le chanvre dans nos campagnes et le fer des flancs de la terre. Et les chênes disaient : Pourquoi interrompre nos hymnes à Dieu qui nous créa ? Quand passe le zéphir ou mugit la tempête, nous chantons sa gloire. Et le chanvre : Pourquoi ne pas me laisser refleurir ? et le fer : Pourquoi me jeter dans le feu de vos fourneaux ? Et l'on a dit aux chênes, au chanvre et au fer : N'êtes-vous pas créées pour le service de l'homme ? il est le roi de la création. Réjouissez-vous : nous vous donnerons le baptême et un grand nom. Les bénédictions du ciel descendront sur vous ; on veut vous transformer en ce qu'il y a de plus beau : en un grand navire aux mâts pavoisés. La mer sera votre empire, et vous porterez les enfants de Dieu d'un monde à l'autre.

Et ce vaisseau, c'est toi, ô belle Picardie. Ton nom est vraiment glorieux. Tu rappelles au monde Pierre l'Ermite, l'illustre promoteur des croisades et le pauvre et humble pèlerin saint Benoît-Joseph Labre, le dernier des grands saints de notre France, le grand méprisé du monde, mais son plus sublime mépriseur. Dans ton nom, ô Picardie, il y a une prédestination ! oui, tu seras grande et illustre à ton tour. Mais, comme tout ce qui doit être grand, tu enfanteras ta gloire dans la douleur.

On lui a promis de porter les enfants de Dieu d'un monde à l'autre et l'on commence à la faire servir au commerce. Forcément enchaînée par le dieu Mammon elle gémit, *Ingemuit*. Attends, attends encore. *Et parturit usque adhuc.* L'heure de ta gloire n'est pas venue.

Voici une autre épreuve : tu porteras à

la Mecque les fils de Mahomet qui vont adorer son tombeau... Et *Picardie* pousse des gémissements plus douloureux. Encore! Encore! Il faut souffrir pour enfanter ta gloire! Voici l'épreuve suprême.

Il y a sur la terre une île où de malheureux coupables expient, pour eux-mêmes et pour tant d'autres, les crimes affreux de l'incendie, du pétrole et de la révolte. Et voilà que la *Picardie* est destinée à rendre à la France ces êtres dénaturés, qui furent les bourreaux de ses enfants! Maintenant l'épreuve est à son comble. Pauvre *Picardie*, console-toi; il fallait toutes ces douleurs pour arriver à la Gloire qui aujourd'hui est ton partage.

L'heure est venue! Parez ces mâts de banderolles de verdure et de fleurs! au-dessus de tous ces oriflammes et de tous ces drapeaux voici la Croix, l'étendard du grand Roi. Ce n'est plus seulement l'homme, ce roi de la création que tu porteras, beau navire, c'est le Créateur lui-même. Tu portes Dieu et les pèlerins de Dieu. L'Eucharistie et la Vierge immaculée sont avec nous. Vers toi se tournent les regards du monde entier; tu portes les croisés de la prière, de l'espérance et du salut, les Croisés de la Résurrection, et Dieu lui-même est au milieu d'eux !

Sa Providence t'a donné un équipage choisi : commandant, officiers et matelots, tous ont des cœurs français, loyaux et catholiques; au milieu des tempêtes ils ont gardé la foi.

Et la Vierge Marie est ton étoile. A la Salette, dont je vois ici les Pères, elle parlait de ses douleurs. A Lourdes, dont les Pères sont là aussi, elle demandait la pénitence. A Pontmain, elle parlait d'espérance. Voici les Pères de l'Assomption qui nous conduisent, avec leur Mère, de la terre au Ciel. Tous réunis, soulevons le monde pour le faire arriver à une vie nouvelle : saluons par un dernier cri de bonheur et d'amour toutes ces joies et toutes ces espérances.

Vive la Croix !

Première communion à bord de la Guadeloupe.

On comprend facilement que ces scènes émouvantes électrisaient pèlerins et matelots. Ajoutons que presque tous les jours, sur chaque navire, on pouvait célébrer de soixante à quatre-vingts messes. Les communions atteignaient ordinairement le chiffre de trois cents à trois cent cinquante. Les belles cérémonies, les chants, la bénédiction du Saint-Sacrement le soir, quand nous avions la permission de conserver la sainte réserve ; ces nuits de veille passées près de Jésus-Christ qui daignait demeurer au milieu de nous ; toutes ces saintes choses attiraient sur chacun des grâces ineffables.

Une des plus grandes fut sans contredit, la cérémonie délicieusement touchante d'une première Communion à bord de la *Gouadeloupe.*

Le R. P. Emmanuel Bailly, directeur du pèlerinage sur ce bateau, ayant appris qu'un jeune mousse de quatorze ans n'avait pas fait sa première communion, se mit à l'y préparer avec sa charité apostolique. Il ne se doutait pas que son zèle serait si bien récompensé. La grâce de Dieu attendait là deux marins, l'un de vingt-six ans, l'autre de trente-deux. Les splendides cérémonies dont ils étaient tous les jours

témoins les avaient émus jusqu'au plus
profond de l'âme ; et, spontanément, ils
demandèrent à faire leur première communion. Le jour de la Sainte-Trinité fut le
jour choisi. La mer était bleue et calme
comme elle ne l'avait peut-être pas encore
été depuis notre départ ; elle semblait adorer avec recueillement son divin Créateur.
Il était là, en effet, ce Dieu de toute Majesté, et il voulait donner à ses enfants une
journée du Ciel.

Dès le matin, le navire prit un air de
fête. Les messes commencèrent vers cinq
heures. La chapelle, mieux ornée encore
qu'à l'ordinaire, put contenir les trois premiers communiants, le commandant, les
officiers et une partie des prêtres qui en-
tourèrent l'autel. La toile fermant le sanc
tuaire ayant été relevée, le navire jusqu'au
grand mât fut transformé en église. Depuis
plusieurs jours on préparait des chants de
cathédrale. Les plus beaux cantiques re-
tentirent et la messe commença, au milieu
de l'émotion la plus douce.

Le R. P. Bailly, dans une allocution
émue, sut trouver dans son cœur des ac-
cents bien dignes de la circonstance. En

terminant, il fit couler des larmes de tous
les yeux lorsqu'il s'écria : « Mes chers
amis ! mon cher enfant ! ouvrez vos cœurs
à la reconnaissance pour la bonté de Dieu
qui de toute éternité ménageait les circons-
tances actuelles avec une délicatesse infinie. Il y a un mois nous ne nous connais-
sions pas, et en ce moment nous ne faisons
tous qu'une famille. Quatre-vingts diocè-
ses de France représentent ici toute notre chère patrie, et nous vous entourons de
tout notre amour avec le dévouement de
notre cœur. Aujourd'hui, dans ce grand
jour de fête, nous sommes remplis de joie
parce que nous partageons avec vous le
céleste banquet. La bonté infinie de notre
Dieu est si grande, son désir de se donner
à nous est si ardent, que même avant de
nous unir à lui, dans la gloire éternelle, il
a voulu pouvoir nous atteindre sur la terre.
C'est pour cela qu'il est venu, qu'il s'est
fait homme, qu'il a inventé l'Eucharistie,
afin d'être à nous, sans mesure ni réserve.
Oh ! dans ce moment, chers amis, il y a
sur ce navire je ne sais quel parfum du
Ciel qui nous parle de la patrie, de cette
patrie bienheureuse où nous nous retrou-

verons tous un jour. Venez donc, ne tardez pas à en recevoir le gage. »

Et la sainte communion fut donnée non seulement aux premiers communiants, mais encore à presque tous les pèlerins qui avaient voulu, à cette messe, les accompagner à la table sainte.

L'après-midi, les Vêpres furent chantées en chœur, et avant la consécration à la sainte Vierge et la rénovation des vœux du baptême, le R. P. Bailly prononça un sermon bien senti sur la nécessité où nous sommes tous de vivre de la foi.

« L'ennemi est sans cesse près de nous et en nous, toujours disposé à nous dévorer, à nous exterminer. Faibles, inexpérimentés dans la lutte vis-à-vis d'un adversaire habile et acharné, appuyons-nous sur le bouclier de la foi; elle nous donnera la force de Dieu, en tout et partout; cette force divine repoussera toutes les attaques.

» Non seulement la foi nous aidera à bien vivre, mais elle nous aidera encore à bien mourir.

» C'était pendant la guerre de 1870, continue le R. P., j'étais aumônier volontaire dans l'armée de Mac-Mahon. Après la ter-

rible déroute de Sedan, je vis amener à
l'ambulance un pauvre jeune homme cruel-
lement blessé ; ses deux jambes pendantes
n'étaient pas tout à fait séparées du tronc :
il était dans un état affreux. On le pose
sur un lit ; je m'approche de lui; il me voit
à peine, tant la souffrance emplit ses yeux
de larmes.

» — Vous souffrez beaucoup, mon ami?
lui dis-je.

» — Oh! oui, je souffre! me répond-il
avec une sorte de frémissement.

» Tout à coup je vois arriver les médecins
sans deviner ce qu'ils viennent faire ; je
savais que tout ce qui peut faciliter une
opération avait été enlevé; il n'y avait plus
là ni chloroforme ni instruments de chi-
rurgie. En voyant emporter ce pauvre
corps meurtri, je ne pus m'empêcher de
dire :

» — Qu'allez-vous faire! une opération
est inutile : il va mourir.

» — C'est possible, me répond l'un d'eux,
mais il faut bien débarrasser les ambulan-
ces.

» J'étais atterré. La cruelle opération
se fit et Dieu sait avec quelles douleurs !

Lorsqu'on rapporta le blessé il souffrait atrocement.

» — Oh! les cruels, disait-il, qu'ils m'ont fait souffrir! oh! que je souffre!

» — Mon cher ami, répondis-je au pauvre martyr, pensez à Dieu qui le premier a tant souffert pour vous.

» — Oh! je souffre trop, laissez-moi!

» — Mon cher enfant, souvenez-vous de votre première communion, de ce beau jour auquel votre mère vous prépara avec tant d'amour et de sollicitude...

»Après quelques instants pendant lesquels il sembla rechercher et rassembler ses souvenirs : « — Oh! ma mère! s'écria-t-il en suffoquant! ma mère!... ma première communion!... Jésus-Christ!... ma mère!... mon Sauveur!...

» Et il me tenait dans ses bras comme si j'eusse été sa mère. Il fit alors la Confession la plus admirable et la mort d'un saint. Cet enfant de notre chère Alsace dut le bonheur de mourir en chrétien, au souvenir de sa première communion et de sa mère. »

Le R. P. termina son sermon en recommandant vivement la dévotion à Marie, notre Mère, notre protectrice, notre refuge dans tous les maux de l'âme et dans tous les dangers. Le petit mousse prononça l'acte de consécration à la Sainte Vierge, puis le bon Père ajouta quelques paroles pour exhorter les premiers communiants à renouveler de toute leur âme les promesses solennelles de leur baptême. Ils étaient là tous trois, représentant bien les trois âges de la vie. « En ce beau jour de la Trinité où, dans tant de paroisses de France, on fait aussi la première Communion, nous allons tous, dans nos cœurs, renouveler nos vœux du baptême. »

Le R. P. avait dit « dans nos cœurs. » Mais, avec un élan spontané, tous les pèlerins debout, la main levée vers le ciel, s'écrient d'une voix unanime : « *Mon Dieu, je renonce de tout mon cœur à Satan, à ses œuvres, à ses pompes, et c'est pour Jésus-Christ seul que je veux vivre et mourir !* »

A ce moment, si les pèlerins avaient dû réaliser leur promesse et faire le sacrifice de leur vie pour l'Eglise et pour la France, aucune main ne se serait abaissée et l'on serait mort le sourire sur les lèvres et la joie de Dieu dans le cœur.

Mais le bon Dieu avait d'autres desseins, et s'il avait choisi ses victimes, il voulait sans doute, comme on nous l'a si souvent répété, nous confier la mission de travailler encore à sa gloire, chacun dans la sphère où il nous a placé. Nous devons tous joindre l'action à la prière, réformer notre vie au retour de ce pèlerinage que nous n'avons pas entrepris pour nous seuls.

La prière est avant tout l'auxiliaire puissant dont nous avons besoin; et comme aucune prière n'est comparable à la sainte messe bien entendue, nous voudrions surtout, dans ce petit opuscule, partager avec nos amis et nos frères le trésor que nous avons trouvé dans la méditation de la messe entendue à Jérusalem.

Retraite au Patriarcat.

Le jeudi 25 mai, on nous annonça que le R. P. Marie-Antoine, l'apôtre infatigable, voulait bien nous prêcher une retraite préparatoire à la fête de la Pentecôte. Matin et soir les pèlerins se réunirent à l'église du Patriarcat. Le bon Père, dans une première instruction, nous parla des trois vocations auxquelles nous étions plus spécialement appelés, nous, pèlerins de la pénitence : nous sanctifier nous-mêmes par la ferveur de la volonté et la fidélité ; sanctifier notre prochain par la charité et le bon exemple ; sauver notre pays par le dévouement et la prière.

Dans une seconde instruction, le R. P. nous indiqua les trois vertus que nous devions emporter de notre pèlerinage, comme trois fleurs d'un parfum délicieux : La foi, l'espérance et la charité. Le Saint-Esprit les a déposées dans nos âmes par ce feu qu'il est venu apporter sur la terre.

Dans le feu nous voyons la flamme. Elle nous représente bien la foi, cette foi lumineuse et vive qui éclaire. La flamme est non seulement lumineuse, mais elle monte et s'élance ; elle est ainsi l'emblème de l'espérance par laquelle nous nous élevons vers Dieu. Et le feu d'où s'échappe la flamme est le foyer de la chaleur : il brûle et consume tout ce qu'il touche comme la charité.

Nous voulons être heureux, c'est là, l'incessante aspiration de notre être. Vivons de la foi, de cette vertu qui fait voir Dieu, autant qu'il peut être vu ici-bas. Abandonnons-nous à lui. vivons sans inquiétude comme

un petit enfant entre les bras de sa mère ;
les yeux fermés, comptons sur notre Père
du Ciel, sur notre Mère la Vierge Marie ;
espérons tout de leur amour. Mais ce n'est
pas assez de croire et d'espérer pour être
heureux, il faut atteindre et posséder ce
que l'on voit et ce que l'on désire ; et l'on
étreint Dieu, en quelque sorte, par la
charité. *Deus charitas est.* Aimons celui qui
est l'amour même et nous serons heureux.

Dans les instructions suivantes le vénéré
Père nous donna une admirable explication
de la messe, de ce sacrifice suprême où
un Dieu s'immole par amour pour sa créature. Essayons de la redire, car c'est l'un
des plus précieux souvenirs de la retraite,
qui contribua si efficacement à la sanc-
tification des jours trop vite écoulés de notre
pèlerinage.

Explication de la Sainte Messe.

« Je ne vous laisserai pas orphelins, »
avait dit le Sauveur à ses apôtres : « Voici
que je suis avec vous jusqu'à la consommation des siècles. » Pèlerins de Jérusalem, heureux d'une telle promesse, comme

saint Jean, « nous avons voulu voir Jésus. »
Et nous sommes venus ici, les yeux remplis de larmes, baiser les pas de notre
Sauveur. « Il est notre vie, notre vérité,
notre voie. » « Quand il nous parle, ne
sentons-nous pas nos cœurs se consu-
mer au-dedans de nous ? » Désormais,
avec le grand apôtre, « nous ne voulons plus savoir que Jésus, et Jésus crucifié. » Pendant ces jours de bénédiction
qu'il nous est donné de passer dans la
ville sainte, nous pouvons aller prier sur
le Calvaire, à l'endroit même où il con-
somma son sacrifice : nous pouvons ouvrir
nos cœurs pour y recevoir la dernière
goutte de son sang. Mais il n'est pas dans
les desseins de Dieu que nous restions
dans ces lieux, saints à jamais, où s'est
accompli notre salut. Cependant, puisque
la promesse du Sauveur est formelle et
qu'il a dit : « Voici que je suis avec vous
jusqu'à la consommation des siècles, »
consolons-nous, retournons dans notre
patrie, et dans la plus humble église du
plus petit de nos villages, nous retrouverons le Cénacle et le Calvaire, puisque
nous retrouverons le Tabernacle et l'Autel.

PREMIÈRE PARTIE DE LA MESSE

Depuis le commencement jusqu'à l'Evangile.

DEVOIR D'ADORATION.

Le prêtre, autre Jésus-Christ, arrive portant la croix sur ses épaules, le calice dans ses mains : il le dépose sur l'autel, puis il descend. Il se tient là, avec Adam pécheur, avec l'humanité coupable. Partagé entre les tristesses de la chute et les joies de l'espérance, il lève les yeux au ciel : *Introïbo ad altare Dei.* « J'entrerai dans le sanctuaire de mon Dieu, et quand je l'aurai vu je chanterai sur ma cithare d'or...

Mais tout à coup, au souvenir de l'iniquité de nos premiers parents et de celle de tous les hommes, il prononce ces mots : « O mon âme, pourquoi es-tu triste et d'où me vient ce trouble ? »

Les anges semblent lui répondre, par la voix du servant : *Spera in Deo !* Espérance ! Espérance !

Encouragé par ce cri, le prêtre confesse

ses péchés ; il frappe sa poitrine, il s'humilie. *Confiteor... mea culpa* ! Le servant et avec lui tous les fidèles répètent ; *Mea culpa ! mea culpa ! mea maxima culpa !*

A présent le prêtre peut monter jusqu'à l'autel du sacrifice ; l'humilité en le purifiant l'a fortifié, et il peut dire, mais non sans crainte : « O Dieu ! vous ferez éclater votre miséricorde et vous nous donnerez le Sauveur. »

Cette ascension rappelle la première ascension de l'humanité vers Dieu au mont Sinaï. Là, pendant que le peuple effrayé tremblait au milieu du tonnerre et des éclairs, Moïse adorait, la tête humblement prosternée. Le prêtre, lui aussi, semble trembler en s'approchant de l'autel ; il s'incline et invoque le secours des saints dont il baise les reliques.

Sous leur protection, il va au côté droit de l'autel et, dans l'*Introït*, il chante sur la harpe de David et des prophètes, ces admirables concerts qui annonçaient le Messie promis, attendu et désiré des nations (1).

_____

(1) Et nous pèlerins, à ce moment de la Messe, allons

Le prêtre revient au milieu de l'autel et, alternativement, avec les fidèles, dont le servant est l'interprète, il laisse échapper de son cœur cette grande supplication qui implore : « Mon Dieu, pitié ! Mon Dieu, pitié ! *Kyrie eleison*, *Kyrie eleison !!* Il dit cela jusqu'à neuf fois de suite pour rappeler les cris de l'humanité pendant quatre mille ans, les soupirs des patriarches, les prières de la Vierge immaculée à Nazareth, où elle adorait sans cesse ce Sauveur qui bientôt allait naître (1).

Le moment est arrivé ; le ciel a entendu la prière qui montait vers lui depuis si longtemps. Le chant de Bethléem retentit à nos oreilles et fait battre nos cœurs émus : *Gloria in excelsis Deo* !

Après ce cantique d'allégresse, au sou-

en esprit dans ces grottes des prophètes du Mont-Carmel, car nous avons eu le bonheur de les visiter ; et dans le recueillement, écoutons ces chants inspirés par l'Esprit divin.

(1) Pays de Nazareth ! grotte bien-aimée ! nous garderons toujours votre doux souvenir : oui, nous avons baisé, dans les transports de notre reconnaissance, le lieu saint où s'opéra l'ineffable mystère de l'Incarnation du Verbe de Dieu !

venir des Anges qui vont chercher les bergers pour leur annoncer la venue du Sauveur, le prêtre se retourne vers les fidèles:
« Enfin ! votre Dieu est avec vous : *Dominus vobiscum !* »

Puis le prêtre va lire *l'Epître*, où le
Saint-Esprit, par la voix des écrivains
sacrés, nous rappelle la présence du divin
Enfant au milieu des docteurs du temple.

Le *Graduel* qui suit nous montre Jésus
arrivant, par les degrés de l'enfance et de
l'adolescence, à l'âge parfait. Il quitte alors
Nazareth, où il a vécu pendant trente an-
nées, et il va prêcher l'Evangile.

Pour le redire au peuple, le prêtre change
de place comme pour signifier le change-
ment de la loi ancienne en cette loi d'amour
que nous apporte Jésus-Christ. Mais avant
d'annoncer la divine nouvelle, il s'abîme
dans la reconnaissance et l'adoration en-
vers cette parole d'un Dieu, parole qu'il va
s'assimiler et donner aux fidèles comme
une nourriture. Voici que « le Seigneur
est au milieu de vous, » dit-il, « et il va vous
parler. » Le peuple se lève en répondant :
« Gloire à Dieu ! »

Le prêtre alors lit *l'Evangile*, c'est-à-dire

ce qu'il y a de plus précieux et de plus sacré après la sainte Eucharistie (1).

Et de même qu'après les enseignements sublimes du Sauveur, les peuples l'acclamaient avec transport, de même les chrétiens à la messe, debout, pour entendre sa doctrine, s'écrient : « Louange à vous, ô Christ ! » Oui, oui, je les crois ces paroles divines, je suis prêt à les publier avec les apôtres, à les arroser de mon sang avec les martyrs, de mes larmes de reconnaissance et d'amour avec les confesseurs et les Vierges. *Credo* !

Arrêtons-nous, éblouis déjà au milieu de tant de lumières, inondés par tant de consolations, et nous ne sommes qu'au prélude du grand mystère. N'oublions pas de payer au Seigneur, pendant cette première partie de la messe, le tribut que lui doit toute créature : l'adoration. Et pour qu'elle soit parfaite, unissons-nous au divin Enfant

---

(1) Pour nous, pèlerins de Jérusalem, l'Evangile c'est le souvenir du Thabor du mont des Béatitudes, de la montagne des Oliviers, où Jésus enseigna le *Pater* ; c'est toute cette Palestine habitée et parcourue par le divin Sauveur dont nous avons baisé ou vu de loin les traces.

de Bethléem, à Marie, à Joseph, aux Anges, aux bergers et aux rois qui environnent la crèche, et réparons ainsi tous les blasphèmes qui montent sans cesse de la terre et de l'enfer jusqu'au trône de la Majesté de Dieu.

DEUXIÈME PARTIE DE LA MESSE

De l'Offertoire au Sanctus.

DEVOIR D'ACTION DE GRACES.

L'offrande précède toujours le sacrifice. Ici le prêtre qui offre c'est Jésus ; la victime offerte, c'est encore Jésus ; son action de grâce a une valeur infinie. La gloire de Dieu sera réparée et nous serons sauvés. C'est pourquoi son amour lui fait quitter le cénacle avec une sorte d'allégresse. Il vient de nous laisser dans l'Eucharistie le don le plus magnifique de sa dilection ; il part et va commencer le sacrifice dont la consommation se fera sur le Golgotha. Le voilà au jardin de Gethsé-

mani. Il est entouré de ses apôtres, il en
prend trois, les plus privilégiés, Pierre,
Jacques et Jean : « Restez-là, leur dit-il,
veillez et priez. » Et lui va dans cette
grotte solitaire où il souffre le martyr de
l'amour (1). Il sent fondre sur lui tous les
péchés des hommes. Epouvanté dans sa
nature humaine, accablé de toute part, il
se lève et va vers ses apôtres chercher
quelque consolation. Il les trouve endor-
mis ! Abandonné, même de ses amis qui
dorment, Jésus retourne à la grotte ; et de
nouveau, est en proie à toutes les tortures;
il sue le sang et l'eau... L'Ange lui pré-
sente le calice. Il est le sacrificateur et la
victime. « Mon Père ! que votre volonté
soit faite. *Fiat !* »

Maintenant le célébrant va devenir à son
tour offrant et victime. Il met le vin dans
le calice , une goutte d'eau y est mêlée

---

(1) La grotte de l'agonie est un des plus inénarrables
souvenirs des pèlerins. Il faut avoir prié dans le silence
de cette solitude, où rien ne produit le plus léger bruit.
pour se faire une idée de ce lieu vénéré. Comment ex-
primer ce que le cœur y éprouve au souvenir de la sueur
de sang de Jésus-Christ dont la terre semble encore im-
prégnée ?

comme pour nous engager à y verser au moins une larme. Mais, avant d'unir son oblation à celle de Dieu, le prêtre sent qu'il doit se purifier encore. Au *lavabo*, il se lave les mains, et, inclinant la tête au milieu de l'autel, il s'offre lui-même. Ce n'est pas assez : il faut que toutes les créatures participent au divin sacrifice, et, se retournant vers les assistants, le célébrant leur rappelle le grand devoir de la prière : « *Orates, fratres*. Priez mes frères, afin que mon sacrifice et le vôtre, soit digne de Dieu. » Dès que le peuple a rempli ce devoir un chant merveilleux commence :

Per omnia secula seculorum !
Sursum corda ! Gratias agamus Domino !

Oui, en haut les cœurs ! rendons grâces à Dieu ; et avec Jésus, avec les Séraphins, les Chérubins, les Dominations, les Archanges et les Anges, avec le Ciel et la terre chantons :

Sanctus ! Sanctus ! Sanctus Dominus !

Il est Saint, Saint, Saint, le Dieu Tout Puissant ! à lui éternelles actions de grâces, à lui éternelle Gloire dans les hauteurs des cieux ! *Hosanna in excelsis !*

TROISIÈME PARTIE DE LA MESSE

Du Sanctus à l'Agnus Dei.

DEVOIR D'EXPIATION.

Voici le moment solennel arrivé. Aux grands cris de joie succède un grand silence, c'est le silence de la douleur et de l'expiation. La victime va être immolée. Le prêtre debout, comme entre le ciel et la terre, étend ses deux bras en croix pour montrer déjà la croix du sacrifice. Il dépose un baiser sur l'autel. Ce baiser est la réparation de celui de Judas qui traversa le cœur de Jésus, et lui causa une si cruelle douleur, qu'il tomba accablé dans le torrent de Cédron, bien plutôt à cause de cette trahison que par tout autre motif.

Puis le prêtre fait trois signes de croix sur le calice et l'hostie, en souvenir des trois juges qui ont condamné le Sauveur. Alors le célébrant s'arrête. C'est le moment où Pilate interrompit les tortures et montra Jésus au peuple en s'écriant : *Ecce homo !* Le prêtre, lui, le montre au Père éternel en lui disant : Voyez la face adorable de votre Fils, toute ruisselante de sang et couronnée d'épines : *Respice in faciem Christi tui.* Que pouvez-vous refuser à ce Fils qui prie, et à nous qui demandons par lui et avec lui? A cet instant, il énumère les intentions spéciales du sacrifice : c'est le *memento* des vivants.

La Passion continue; Jésus poursuit sa longue voie douloureuse, il monte au Calvaire. Le prêtre l'y suit en compagnie de Marie et de tous les saints. L'œuvre par excellence de notre salut s'avance. Dès que l'agneau est couché sur la croix, le célébrant étend ses deux mains sur le calice pour y placer les péchés du peuple.

Autrefois, quand le grand prêtre immolait l'Agneau sans tache, il engageait les assistants à avouer leurs péchés; l'agneau en était chargé, et son sang, en tombant sur ceux qui en étaient aspergés, enlevait toute souillure.

Le prêtre de la loi nouvelle immole Jésus avec les paroles de la consécration qui sont le couteau mystique et comme les clous qui fixent à la croix la victime sainte. Il lève le calice rempli de sang, et les anges le répandent sur les âmes des assistants qui adorent et frappent leur poitrine.

Jésus est maintenant attaché à la croix, il y passera les trois grandes heures de son agonie.

A ses pieds, sont les âmes justes, Marie la Mère de douleur, Jean le disciple bien-aimé, les saintes femmes et Madeleine. Autour de la croix les morts vont ressusciter et les pécheurs se convertir. Le prêtre, les mains élevées vers le ciel, fait donc trois grandes oraisons : la première pour les justes, la seconde pour les morts, la troisième pour les pécheurs, *nobis quoque peccatoribus.*

Et puis, comme sur la croix, Jésus a prononcé sept paroles, le prêtre élève la voix et fait monter jusqu'à Dieu les sept demandes du Pater qui sont comme l'écho fidèle des sept paroles du Sauveur.

Mon Père, pourquoi m'avez-vous abandonné? s'écrie Jésus crucifié ; et il nous mérite ainsi de dire :

Notre Père qui êtes aux cieux, que votre nom soit sanctifié.

« *Aujourd'hui,* » dit Jésus au bon larron,

« *tu seras avec moi au Paradis.* » Et à nous il nous est permis de dire :

Que votre règne arrive.

Jésus sur la croix a dit : « *Je remets mon esprit entre vos mains.* » Et nous avons le bonheur de nous unir à Dieu lui-même en disant :

Que votre volonté soit faite.

Sur la croix, Jésus a enduré la soif, il s'est écrié : « *Silio !* » Et nous disons avec confiance :

Donnez-nous le pain de chaque jour.

Jésus a prié pour ses bourreaux en disant : « *Mon Père, pardonnez-leur : ils ne savent ce qu'ils font.* » Et nous, pécheurs, répétons humblement :

Pardonnez-nous nos offenses.

« *Voilà votre Mère,* » dit Jésus à Jean. Dans nos tentations, elle écrasera la tête de Satan, et nous nous écrions :

Ne nous laissez pas succomber à la tentation.

« *Consummatum est,* » murmure enfin Jésus en expirant.

Délivrez-nous de tout mal.

O généreux Réparateur ! oui, tout est consommé, vous avez pris sur vous tous les maux pour nous en délivrer.

Maintenant le sacrifice s'achève, Jésus va mourir. La mort, c'est la séparation de l'âme et du corps. Le prêtre la rend saisissante en séparant l'hostie en deux parts ; il en garde dans ses doigts un fragment avec lequel il fait trois croix pour rappeler les trois jours que Jésus passa dans le sépulcre, et il le laisse tomber dans le calice pour signifier la réunion de l'âme et du corps à la résurrection.

Le grand devoir de l'Expiation est accompli, et la mort est vaincue ! Le sang de la divine victime a rempli le calice, chaque goutte a une valeur infinie, les larmes de Marie, celles du cœur du prêtre et de tous les assistants se sont unies à ce sang divin, la Justice et la Paix se sont embrassées, et nous pouvons nous réjouir : la paix nous est donnée, le prêtre nous l'annonce par ce cri :

Per omnia secula seculorum,
Pax domini sit semper vobiscum.

Oui la paix est faite entre le ciel et la terre, elle est faite pour toujours !

QUATRIÈME PARTIE DE LA MESSE

De l'Agnus Dei au dernier Evangile.

DEVOIR DE SUPPLICATION.

La paix ! le divin Agneau l'a conquise au prix de tout son sang, lui seul la donne au monde ; aussi la première parole de Jésus ressuscité c'est la parole de la paix : « *Pax vobis.* » La paix renferme tous les biens ensemble. Malheur à celui qui n'a pas la paix de Jésus. Le cœur adorable de notre divin Agneau en est la fontaine inépuisable dans le désert de la vie.

Deux mille chrétiens avaient été exilés dans la Chersonèse ; ils étaient dans un affreux désert et ils mouraient de soif. Le pape saint Clément, exilé lui aussi, est au milieu d'eux. O Père, s'écrient-ils, nous allons mourir ! « Non, non, vous ne mourrez pas, » répond le saint pontife ; « invoquons l'Agneau de Dieu : nous verrons sa vertu et sa gloire ! » Tous l'implorent avec lui, et voilà qu'un petit agneau blanc paraît sur la colline ; il frappe la terre de son pied droit et en fait jaillir des flots limpides. Ainsi sort la grâce du cœur de Jésus pour tout âme qui prie. Malheur, encore une fois, à quiconque, manquant la messe le dimanche, ne remplit pas ce grand devoir de la supplication. Il périra infailliblement dans le désert de ce monde.

Le prêtre, dans une prière ardente, s'adresse donc à ce divin Agneau; il lui demande la paix pour l'Eglise et pour tous ses enfants. Et comme Jésus, avant de quitter la terre, voulut par amour manger avec ses apôtres, le prêtre invite tous les fidèles à venir recevoir le pain des anges et à le manger aussi. Alors, la communion sacramentelle nous introduit vraiment dans le tabernacle du cœur de Jésus, où nous ne faisons plus qu'un avec Lui. C'est la consommation du sacrifice, l'accomplissement de sa promesse : « Je ne vous laisserai pas orphelins, » avait-il dit. Il se donne donc à chaque âme qui le reçoit. Il se donne même spirituellement, si l'on ne s'unit à Lui que de cette manière; mais, dans l'un ou l'autre cas, il se donne en proportion des désirs et de la bonne volonté de chacun.

Jésus va quitter la terre. Il annonce cette

séparation aux apôtres désolés. Le prêtre aussi prononce les paroles du départ : « *Ite missa est*, » allez maintenant, tout est fini. Jésus est ressuscité, il va monter au ciel ; mais auparavant il bénit ses apôtres. Et le prêtre, à son tour, bénit les assistants. *Benedicat vos, omnipotens Deus, Pater et Filius et Spiritus Sanctus.*

Debout, sur la montagne des Oliviers, les apôtres contemplent Jésus disparaissant dans une nuée céleste. Ainsi, les fidèles restent debout pendant le dernier évangile ; ils semblent suivre Jésus de leurs yeux ravis et entendre aussi la parole des anges : « Hommes de Galilée, ne craignez rien : ce lui que vous venez de voir monter au ciel en descendra un jour pour juger le monde. »

Voulons-nous faire de cette promesse notre consolation et notre espérance ? Vivons désormais dans la foi et la charité de Jésus-Christ. Emportons ces vertus dans nos cœurs, manifestons-les par nos actes, et que rien ne puisse affaiblir en nous le souvenir des grands bienfaits de Dieu.

Venons tous les jours retremper notre âme dans le sang de l'agneau qui s'immole pour nous sur l'autel. Aimons de tout no-

tre cœur le saint sacrifice de la messe ; il
est pour nous le ciel sur la terre, puisque
c'est seulement par lui que nous pouvons
voir et posséder Jésus. Tâchons de répan-
dre autour de nous cette dévotion, la première et la plus importante de toutes ; ap-
pliquons-nous à la pratiquer si bien, qu'elle
soit notre sauvegarde en ce monde et le
gage de notre salut éternel. Ainsi soit-il.

RÉSUMÉ DE L'ADRESSE

DES

PÈLERINS DE TERRE SAINTE

Envoyée au Vatican au retour de Jérusalem.

Très Saint Père,

En abordant le rivage d'Europe, au retour de Jérusalem, notre premier regard
se tourne du côté de Rome, vers le vicaire
du Christ qui gouverne aujourd'hui son
immortelle Eglise.

Pendant que nous étions sur la terre où
Israël reçut les promesses du Ciel et où le

sang de la grande victime coula comme sur un immense autel, Rome catholique nous apparaissait sans cesse.

Trois fois Votre Sainteté daigna bénir le pèlerinage populaire de pénitence : la bénédiction de Pierre lui a porté bonheur. Il s'est accompli avec les marques visibles de la faveur divine et nous avons la confiance que Dieu a été content.

Vénérant la place où le Verbe éternel s'est incarné pour le salut du monde ou prosternés à Bethléem; mêlant nos larmes à la sueur sanglante du Christ agonisant dans la grotte de Gethsémani ou baisant la pierre que toucha le Christ ressuscité; près du Sépulcre vide, témoin du triomphe de la vie sur la mort, objet du culte le plus merveilleux, ou dans les déserts de la Samarie qui virent célébrer en trois jours un plus grand nombre de fois le saint sacrifice de la messe qu'ils ne l'avaient vu durant dix siècles; répétant le *Pater*, avec nos mille voix, sur la montagne d'où il tomba des lèvres d'un Dieu, ou chantant le *Magnificat* à l'endroit même où il fut chanté pour la première fois : partout et toujours, sur chaque prière qui s'envola au ciel fut porté le nom du Pape et de l'Eglise.

L'Eglise d'ailleurs est vivante à Jérusalem. Les Franciscains, héritiers héroïques de l'âme des croisés, depuis six cents ans gardent les lieux saints au prix de leur sang, avec une indicible constance et un dévouement dont les pèlerins garderont toujours le souvenir.

Nous sommes entrés processionnellement dans les murs de Jérusalem, bannière déployée et chantant des cantiques sous le regard des infidèles saisis de respect.

Nous avons porté en triomphe, sur nos épaules, en suivant la voie douloureuse, les croix arborées sur nos navires et au pied desquelles nous avions juré d'être toujours fidèles au Dieu crucifié. Ces croix, nous les porterons un jour au Vatican comme témoignage de l'acte de foi réalisé sous le ciel d'Orient. Nous avons vu la montagne des Oliviers couverte d'autels, le jour de l'Ascension : elle était pour ainsi dire toute ruisselante du sang divin. En face de Jérusalem nous avons chanté le *Credo* à quelques pas du lieu où les apôtres le composèrent. Nous avons entendu la messe du pèlerinage le jour de la Pentecôte, au pied du Cénacle, sur le mont Sion, dans une paix plus profonde que sous le ciel des peuples baptisés.

C'est pourquoi, Très Saint Père, l'âme remplie de souvenirs sacrés, d'espérances fondées sur la résurrection de Jésus-Christ, d'émotions inénarrables ressenties sur le Golgotha où nos lèvres baisèrent tant de fois les traces divines et s'entr'ouvrirent pour recevoir la chair et le sang de notre Sauveur, nous venons vous dire en face du ciel et de la terre :

Plus que jamais, nous saluons la divinité et la royauté de notre Dieu ! plus que jamais nous voulons confesser cette vérité et consacrer toutes les forces de notre vie à étendre en nous et hors de nous le règne de Notre-Seigneur Jésus-Christ !

Nous vous supplions de bénir ces résolutions, afin qu'elles soient inébranlables dans nos cœurs, pour le bien de la France notre patrie, l'exaltation de la sainte Église et la gloire de Dieu.

Prosternés à vos pieds, nous sommes, Très Saint Père, de votre sainteté,

Les fils très soumis et très dévoués.

Toulouse, imp. A. CHAUVIN et FILS, rue des Salenques, 26

LIBRAIRIE SAINT-JOSEPH

HENRI BRIQUET, Editeur à St-Dizier (Haute-Marne)

Annales de l'Archiconfrérie réparatrice des Blasphèmes et de la profanation du dimanche, sous la direction de M. l'abbé Servais, directeur, avec autorisation de Monseigneur l'évêque de Langres.

Paraissant chaque mois en livraisons de 36 pages in-12.

Le prix d'abonnement est de 1 fr. 50 par an pour toute la France et l'Algérie, ou 12 fr. 50 les dix à la même adresse; pour la Belgique, la Suisse, l'Alsace et toute l'Europe, 1 fr. 75 par an; les dix à la même adresse: 15 fr.

Nos *Annales* ont reçu la Bénédiction de *Sa Sainteté le Pape Léon XIII, et la haute approbation* de Leurs Eminences les Cardinaux-Archevêques de Bordeaux, de Lyon et de Poitiers, et de Leurs Grandeurs Nos Seigneurs l'Archevêque de Chambéry, les Evêques de Langres, Grenoble, Vannes, Laval, Orléans, Montpellier, Versailles, Genève, etc., etc.

L'Archiconfrérie réparatrice a été enrichie de précieuses indulgences par Sa Sainteté Pie IX, dont le nom auguste, sur sa demande, est inscrit en tête de trois millions d'associés; nous recommandons aux âmes zélées pour la gloire de Dieu, cette publication, organe de l'œuvre que Pie IX a appelée une *œuvre divine destinée à sauver la société.*

Aujourd'hui le nombre des paroisses affiliées est de plus de 2,200, et pour se faire affilier il faut s'adresser à M. le Curé de Saint-Martin de la Noue, à Saint-Dizier (Haute-Marne). Il en est de même pour se faire inscrire.

LA TRIPLE COURONNE, DE DÉVOTION au Sacré-Cœur de Jésus, au Cœur Immaculé de Marie, à saint Joseph, patron de l'Eglise universelle.

LIEN RELIGIEUX ENTRE LES ABONNÉS DE LA TRIPLE COURONNE.

Dans le but d'établir un lien religieux entre les abonnés de la *Triple Couronne*, et d'attirer sur eux et sur leurs familles les grâces abondantes qui découlent du Cœur Sacré de Jésus, la puissante protection de Marie Immaculée et de saint Joseph, M. Henri Briquet, notre éditeur, fait célébrer *trois messes* par mois, à leur intention, aux jours désignés de la manière suivante : 1° Le premier vendredi de chaque mois, en l'honneur du *Cœur Sacré de Jésus*, à Paray-le-Monial ; 2° Le deuxième mercredi de chaque mois, en l'honneur de *saint Joseph*, dans l'église de Joinville (Haute-Marne), ce pieux sanctuaire où l'on conserve avec vénération la ceinture du glorieux patriarche, époux de la sainte Vierge ; 3° Le dernier samedi de chaque mois, en l'honneur du *Cœur Immaculé* de Marie, dans l'église Notre-Dame-des-Victoires, à Paris.

———

La *Triple Couronne*, organe de l'*Union dans la Sainte Famille*, paraît du 20 au 30 de chaque mois, depuis le 25 décembre 1881, en livraisons de 32 pages de texte (couverture en plus), caractères elzéviriens, sur papier de choix, format in-8° avec lettres ornées et vignettes.

Le prix de l'abonnement est fixé ainsi :

Pour la France, y compris l'Algérie et la Corse : 3 fr. l'abonnement d'un an; dix abonnements, 25 fr.

Pour toute l'Europe : 3 fr. 25 l'abonnement d'un an; dix abonnements, 27 fr. 25 c.

On s'abonne à la librairie HENRI BRIQUET, à Saint-Dizier (Haute-Marne).